もくじ

I　ことばのくさり

ことばのくさり　6
お手手《てて》のかわりに　8
いい子じゃなくても　いいんだもん　10
せなかでそうだん　12
いらない　いらない　14
ねむたいバター　16
ある日のおやつ　18
はだしがすきよ　20
パントマイムで　22
バイオリンのおけいこ　24
いとこだもんな　26
お口が火事だ　28
うわさ発《はっ》　くしゃみ号《ごう》　30
ショック　ショック　ショック　32
いろんなことばでごあいさつ　34
同じ地球《ちきゅう》の人だもの　36

はしがき

子供と一緒に歌っていた童謡を子供が成長して歌わなくなった頃、私は童謡研究誌おてだまの会員に入れて頂いていました。

子供との会話を歌にした……そんな延長だったような気がします。

作詩の土台からご指導頂きました結城ふじを先生、豊かな佳品を参考の書として見せて下さいました先輩の先生方のお陰で、三十数年拙いながら書き続けることが出来ました。

童謡を書いていましたことで、人生の節目も心強く安らかに過ごしてこられたと感謝しております。ここに来て私の歩いた道のりを一冊にまとめたいと思うようになりました。

書き始めの中から集めましたので、かなり時代後れのものもございますが、日記と同じその時の感情や環境、空気の匂いまで思い出されて、私はタイムスリップしたような想いになるのです。

この中の詩にも命を吹き込んで下さいました作曲の先生方、銀の鈴社の皆様有難うございます。心から感謝申し上げます。

井上灯美子

ことばのくさり

JUNIOR POEM SERIES

井上灯《と》美《み》子《こ》 詩集
唐沢《からさわ》　静《しずか》 絵

Ⅱ　小さなともだち

グッド・ナイト蛙《かえる》さん　40
家老《かろう》の蛙《かえる》　42
蛙《かえる》の算数《さんすう》　44
みみずの学習《がくしゅう》　46
ボールになった　だんごむし　48
ノッコノッコかたつむり　50
すすきみみずくさん　52
母《かあ》さんが呼《よ》んでいる　54
おねぼうアリさん　56
風をください　58
森《もり》のプールは　ビーバーのお家《うち》　60
迷子《まいご》の子かば　62
ひとでになったお星さま　64
春の五線紙《ごせんし》　66
馬は　風から生まれた　68
ダチョウが　飛《と》んだ　70

Ⅲ　四季《しき》のうた

春のめざまし時計《どけい》　74
しずくの音符《おんぷ》　76
かたばみ忍者《にんじゃ》　78
さよならの夏　80
夏のしっぽ　82
やさしい風が秋を織《お》る　84
夏のさよなら　86
それはもう秋　88
モザイクの秋　90
はちきれそうな秋　92
木の葉のてがみ　94
そこだけちいさな冬《ふゆ》　98
真冬《まふゆ》へのきっぷ　102
ぼたん雪《ゆき》のパラシュート　104
生き生き地球《ちきゅう》　106

Ⅰ

ことばのくさり

ことばのくさり

夕陽《ゆうひ》の野原《のはら》を
パパとおさんぽ
ゆうひのしっぽを　つかまえて
ことばのくさりを　あんでいく
　ゆうひ　ひこうき　きのこ
　ことり　りす　すず　ずぼん
「んはだめ」　「んはだめ」
きれちゃうよ
ことばのくさりが　きれちゃうよ

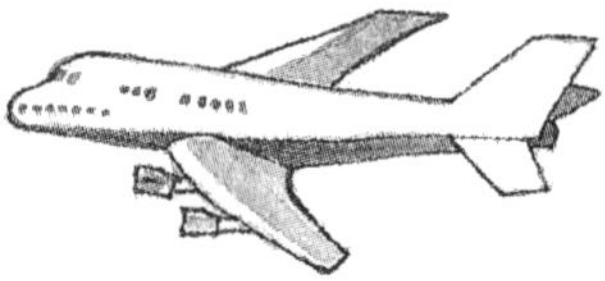

日暮《ひぐ》れの小道《こみち》を
パパとおさんぽ
さんぽのしっぽを　つかまえて
ことばのくさりを　つないでく
さんぽ　ポケット　とんぼ
ぼうし　しか　かさ　さんぽ
まあるく　まあるく
わになった
ことばのくさりが　わになった

お手手《てて》のかわりに

お手手の　かわりに
牛《うし》さんは
しっぽで　背中《せなか》を
はらってる

お手手の　かわりに
ワンちゃんは
あんよで　お耳《みみ》を
かいている

お手手の　かわりに
すずめさんは
お口《くち》で　わらくず
はこんでる

いい子じゃなくても　いいんだもん

おねがいねって
ママがいうから
おるすばんして　あげようかな

いい子よねって
ママがいうから
おるすばんして　いようかな

でもね　でもね
ママとおててを
つないであるく
たのしいじかんが　すきだから

つれてって　つれてって
いい子じゃなくても
いいんだもん

せなかでそうだん

じゃんけん
ぽん　をするまえに
そうだん　そうだん
せなかで　そうだん
右手と左手　せなかでそうだん
じゃんけん
ぽん　と言うまえに

ぐうだか　ちょきだか
ないしょで　そうだん
右手と左手　ないしょでそうだん

じゃんけん
ぽん　と出すまえに
これなら　かてると
かくれて　そうだん
右手と左手　かくれてそうだん

いらない　いらない

おむすびに　おはしは
いらない　いらない
梅干《うめぼ》しいっしょに　ほおばって
モグモグ　ンング
　あー　おいしい

リンゴに　ナイフは
いらない　いらない

まるまる　まっかな　皮《かわ》のまま
サクサク　サクリ
あー　おいしい

水筒《すいとう》に　コップは
いらない　いらない
青空《あおぞら》ながめて　ラッパのみ
ゴクゴク　ゴクン
あー　おいしい

ねむたいバター

ホットケーキの
クッションは
できたばかりで
ふわふわで
バニラの匂《にお》いの　きつね色《いろ》
バターが　ちょこんと
すわっています

ホットケーキの
クッションに
やがてもたれて
つっぷして
バターは　ねむたくなりました
夢《ゆめ》まで　とろとろ
とろけています

ある日のおやつ

ある日のおやつは　ショートケーキ
紅茶《こうちゃ》をよこに　したがえて
王様《おうさま》みたいな　顔《かお》してる
「ハハーツ
ありがたき幸《しあわ》せ」です
すわりなおして　正座《せいざ》して
フォークできちんと　食《た》べた！

ある日のおやつは　おだんご
あまからしょうゆの　たれつけて

刀《かたな》をさした　さむらいだ
「へへーッ
いただくでござる」です
せすじのばして　身構《みがま》えて
竹くしつかんで　食べた！

ある日のおやつは　かりんとう
がさつな色黒《いろぐろ》　まるでぼく
気取《きど》っていたんじゃ　似《に》あわない
「イエーイ
えんがわへいこうぜ」です
まんが片手《かたて》に　ねころんで
カリコリカリコリ　食べた！

はだしがすきよ

はだしがすきよ
はだしがすきよ
みどりにつづく
しばふの上を
はだしで　はだしで
歩《ある》くのすきよ

おくつをぬいで

おくつをぬいで
まあるい指《ゆび》の
足あとつけて
砂場《すなば》を　砂場を
歩くの　すきよ

石ころ道は
つまさき立ちで
とがった石を
ふまないように
おっかな　びっくり
歩くのすきよ

パントマイムで

でんわをしている　母《かあ》さんに
パントマイムで
おねだりしたよ
「おなかがぺこぺこ
　おやつをちょうだい」
おねがい　おねがい
お母さん

おしゃべりしながら　母さんが
パントマイムで
おへんじしたよ
「とだなのお菓子《かし》を
　ふたりで　たべて」
サンキュウ　サンキュウ
お母さん

バイオリンのおけいこ

キールル　キールル
バイオリンのけいこ
ミの音　ミの音　どこにいる
ドレミの　ミの音　かくれんぼ

はじめた　ばっかり
バイオリンのけいこ
ミの音　ミの音　ちがってる

こゆびが　ミの音　さがしてる
キールル　キールル
バイオリンのけいこ
ミの音　ミの音　見つかった
お耳で　ミの音　だっこした

いとこだもんな

会《あ》ったとたんに
たのしくて
顔見あわせて
ふきだしちゃった
あいさつがわりだ
いとこだもんな

ママとママとが

きょうだいで
おでこが似《に》てる
まゆげが似てる
あったりまえだよ
いとこだもんな

あまり会うこと
ないけれど
遊びもピタリ
気があうふたり
なかよしなんだよ
いとこだもんな

お口が火事だ

あついよ　あついよ
お口が　火事《かじ》だ
カレーライスで
お口がもえる
はア　ひイ　ふウ　へエ
ほっ　ほっ　ほっ

コップのお水を

ゴクリとのんだ
ぼやで　どうやら
おさまるらしい
はア　ひイ　ふウ　へエ
ほっ　ほっ　ほっ

カレーライスの
おいしい火事を
汗《あせ》を　ふきふき
たいらげちゃった
はア　ひイ　ふウ　へエ
ほっ　ほっ　ほっ

うわさ発《はつ》　くしゃみ号《ごう》

クション　クション　ハックション
大きなくしゃみを　たてつづけ
ん？　だれかが
うわさをしているな
けんかしちゃった　あいつかな
いたずら怒《おこ》った　あいつかな
ちょっと気になる
うわさ発　くしゃみ号

クション　クション　ハックション
風邪《かぜ》でもないのに　たてつづけ
ん？　やっぱり
うわさをしているな
えくぼの　かわいい　あの子かな
それともリボンの　あの子かな
ちょっとときめく
うわさ発　くしゃみ号

ショック　ショック　ショック

むこうの角《かど》を　曲《ま》がる子は
おなじクラスの　まあちゃんだ
追《お》いかけてって　背中《せなか》をポン
たたいて　びっくり
ショック　ショック　ショック
顔から火が出た
「ごめんなさい　人ちがいです
ごめんなさい」

おさげのリボンも　そっくりで
背《せい》の高さも　よっちゃんだ
ニックネームで　よしべえちゃん
よんだら　びっくり
ショック　ショック　ショック
顔から火が出た
「ごめんなさい　よく似《に》てました
ごめんなさい」

いろんなことばでごあいさつ

アメリカの人は　ハウアーユー
中国の人は　ニイハオ
フランスの人は　ボンジュール
日本人なら　こんにちは

国のことばは　ちがっても
出会《であ》いの笑顔《えがお》は　うつくしい
いいね　いいね
親しくなるって　いいね
いろんなことばで　ごあいさつ

アメリカの人は　サンキュー
中国の人は　シェシェ
フランスの人は　メルシー
ぼくたちだったら　ありがとう
国のことばは　ちがっても
感謝《かんしゃ》の心は　おんなじだ
いいね　いいね
お友だちって　いいね
いろんなことばで　ごあいさつ

同じ地球《ちきゅう》の人だもの

はばたく心を　持つだけで
まるい地球の　北みなみ
ぼくらは自由に　翔《と》んでゆける
夢《ゆめ》が世界を結《むす》ぶから
アルプスだって　ヒマラヤだって
さまたげなんて　思わない
国と国とが　ちがっても
同じ地球の上だもの

解《と》け合《あ》う心を　もつだけで
まるい地球の　裏《うら》おもて
ぼくらは手と手を　にぎりあえる
寄《よ》せる友情あるかぎり
太平洋も　大西洋も
へだたりなんて　感じない
話すことばは　ちがっても
同じ地球の人だもの

Ⅱ

小さなともだち

グッド・ナイト蛙《かえる》さん

土のおふとん　ほっかほか
冬眠中《とうみんちゅう》です　蛙さん
もぐらのおじさん
たずねてきても
ねむくてお目目が　さめません
ドアも開《あ》けずに　グッド・ナイト

外《そと》は木枯《こが》らし　北の風

冬眠中です　蛙さん
みみずのおばさん
電話をしても
留守番電話《るすばんでんわ》の　お返事《へんじ》は
春まで留守です　グッド・ナイト

雪にうもれた　木の根《ね》っこ
冬眠中です　蛙さん
となりのお家の
とかげのぼうや
かわいいいびきも　きこえます
夢《ゆめ》の中から　グッド・ナイト

家老《かろう》の蛙《かえる》

「申《もう》し上げます　お殿様《とのさま》
国から飛脚《ひきゃく》が　着《つ》きました」
家老の蛙は　手をついて
おそれながらと　言いました

「おたまじゃくしと　いわれてる
かわいいお子の　便《たよ》りです」
殿様蛙の　前に出て

やおら文箱《ふばこ》を　開《あ》けました
「申し上げます　お殿様
ご用がなければ　これまでと」
家老は両手《りょうて》を　ついたまま
のそり下《さ》がって　行きました

蛙《かえる》の算数《さんすう》

オタマジャクシが　聞きました
「ぼくらは　いつごろ
蛙になるの？」
母さん蛙が　にっこりと
「そうね
あんよを　足して
おててを　足して
かわいい　シッポを
引いてごらん

答《こた》えの出る日が　たのしみね」

オタマジャクシが　聞きました
「ぼくらは　いつごろ
歌をうたうの？」
母さん蛙は　ほほえんで
「そうね
朝もや　かけた
お池の　蓮《はす》の
くす玉《だま》　ポンと
割《わ》れるころ
みんなのコーラス　たのしみね」

みみずの学習《がくしゅう》

みみず　みみずのお習字《しゅうじ》は
「くの字」に「しの字」
それから　「つの字」
ひとふで書《が》きを　習《なら》ってる

みみず　みみずの体操《たいそう》は
「のの字」に「ひの字」
それから　「への字」

ストレッチ体操　上手《じょうず》だね
みみず　みみずのあいさつは
「るの字」に「ろの字」
終わりの　「んの字」
くねくねくねくねと　さようなら

ボールになった　だんごむし

だんごむし　まんまる
ボールになった
サッカーボールと
思ってるかしら
指《ゆび》でコロコロ
パスしてあげたよ

だんごむし　まんまる
ボールになった
サッカーボールと
思ってるみたい
おはなばたけへ
シュートをきめたよ

ノッコノッコかたつむり

ノッコ　ノッコ　ノッコ
のろんこ　かたつむり
うずまき模様《もよう》の
キャンピングカーで
今日はどこまで　行けるでしょうか
朝顔通《あさがおどお》りの　竹《たけ》の道《みち》
のんびり　小さな旅《たび》に出ます

ノッコ　ノッコ　ノッコ
のろんこ　かたつむり
ねむたくなったら
キャンピングカーで
お目目たたんで　おねんねします
これから地球を　ひとめぐり
ゆっくり　おおきなゆめをみます

すすきみみずくさん

すすきの穂《ほ》を
まるく束《たば》ねて
鬼子母神《きしぼじん》の　すすきみみずく
赤い耳　ピョコッと立てて
なにを　なにを　聞いていますか
かわいい　すすきみみずくさん

雑司《ぞうし》が谷《や》の

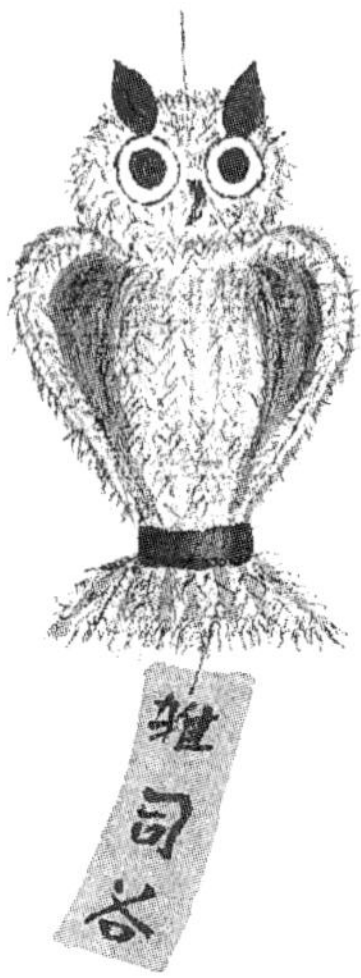

ここらあたりは
昔《むかし》むかし　すすきの野原
孝行《こうこう》な　少女が　夢《ゆめ》で
習い　習い　作ったという
かわいい　すすきみみずくさん

サンシャインの
ビルが見えます
風の歌も　街《まち》に消《き》えます
ふっくらと　ふくれた羽《はね》に
遠い　遠い　ふるさと抱《だ》いた
かわいい　すすきみみずくさん

母《かあ》さんが呼《よ》んでいる

たまごのからが　こわれたら
赤ちゃん亀《かめ》には　聞こえます
波《なみ》の音に　まじって
母さん亀の　呼ぶ声が
　ここよ　ここよ　早く　おいで
　ここよ　ここよ　早く　おいで
母さんにおんぶして　ほしいから
走《はし》る　走る　走る
金の砂《すな》を走る　亀《かめ》の赤ちゃん

波打《なみう》ち際《ぎわ》に　むかったら
赤ちゃん亀には　見えてます
砂を這《は》った　母さんの
海へとつづく　足跡《あしあと》が
　ここよ　ここよ　早く　おいで
　ここよ　ここよ　早く　おいで
母さんに抱《だ》っこして　ほしいから
走る　走る　走る
青い海へ走る　亀の赤ちゃん

おねぼうアリさん

アリさんのね　お家のね
閉《と》じてるドアを　トントントン
じんちょうげの匂《にお》いが
　　ノック　ノック　ノック
そろそろ　アリさん　起《お》きなさい
明るい空です　春ですよ
　アリさんは寝言《ねごと》で
「ハーイ」

アリさんのね　お家のね
小さなドアを　トントントン
蜜蜂《みつばち》の羽《は》音《おと》が
　ノック　ノック　ノック
おねぼうアリさん　起きなさい
みんなが待ってた　春ですよ
　アリさんはアクビを
「ウーン」

風をください

たんぽぽ綿毛《わたげ》の　白い傘《かさ》
これから旅《たび》に　出ますから
風をください
やさしい風を
緑《みどり》の野原《のはら》に　とどくまで

生まれたばかりの　蝶々《ちょうちょう》の
たたんだ羽《はね》が　かわくよう

風をください
やさしい風を
お花が蝶々を　待《ま》ってます
お庭《にわ》に咲いた　パンジーの
匂《にお》いを運《はこ》んで　ほしいから
風をください
やさしい風を
てんとう虫《むし》に　蜜蜂《みつばち》に

森《もり》のプールは　ビーバーのお家《うち》

森の樹《き》切《き》って　小枝《こえだ》を寄《よ》せて
プールを造《つく》ります
かわいい子供《こども》に　パパが
プールのお家を　プレゼント
静かな森に　ビーバーの
木をかむ音が　響《ひび》きます
コリコリコリ　コリコリコリ
キリッ　コーン

豊《ゆた》かな水の　流れを止《と》めて
プールができました
五匹《ひき》の子供に　ママが
泳《およ》いでみせます　しなやかに
小鳥の歌に　ビーバーは
シンクロナイズド・スイミング
クルクルクル　クルクルクル
スイッ　スーイ

迷子《まいご》の子かば

南の島の　河《かわ》で
遊んでいたのに　いつか
子かばが　迷子になった
　かわいい子かばは　どこにいる
　わたしの子かばは　どこかしら
パパかばと　ママかばは
子かばを必死《ひっし》に　さがしてる

河から遠い　丘《おか》で

小鳥といっしょに　歌を
子かばは　歌っていたよ
　ママかば　子かばを　抱《だ》っこして
　パパかば　ふたりを　抱き上げた
パパかばと　ママかばは
子かばをぎゅーっと　抱きしめた

お手手をつないで　帰《かえ》る
パパかば　ママかば　子かば
パパかば　ママかば　子かば
夕焼《ゆうや》けこやけの　道を
パパかば　ママかば　子かば
パパかば　ママかば　子かば

ひとでになったお星さま

空から落ちた　お星さま
海に浮《う》かんで　ただよって
打《う》ち上《あ》げられて　砂《すな》の上
夜空《よぞら》を見上げて　ひとりぼち
「お空はあまりに　遠いから
もう帰れない」と　泣《な》きました

金の涙《なみだ》の　ひとしずく
波間《なみま》に散《ち》って　いきました
夜明《よあ》けの浜《はま》に　うつくしい
ひとでが眠《ねむ》って　おりました

春の五線紙《せんし》

庭《にわ》の垣根《かきね》の　五線紙に
スイートピーの　まきひげが
くる　くるっと　なめらかな
ト音記号《おんきごう》を　書いてます
白い花の　三連符《れんぷ》
ピンクの花の　四分音符《しぶおんぷ》
風にゆれてる
風にゆれてる
花のワルツです

庭の垣根の　五線紙に
甘《あま》い羽音《はおと》　たてて飛《と》ぶ
ルン　ルルンと　かろやかに
スタッカートの　みつばちよ
白い花の　音符から
ピンクの花の　音符まで
風にきらめく
風にきらめく
羽《はね》のロンドです

馬は　風から生まれた

風吹《ふ》き渡《わた》る　草原《そうげん》を
たずなさばきも　鮮《あざ》やかに
少年は　はだか馬で駆《か》ける
結《むす》んだ縄《なわ》を　むちにして
ヒュルル　ヒュルル　風の中を
ヒュルル　ヒュルル　風の中を
駆けて行く
　モンゴルの人はいう
　馬は風から生まれたと

はるかに遠い　草原に
草食《は》む山羊《やぎ》の　白い群《む》れ
少年は　群れを追って駆ける
日焼けた頬《ほお》を　ひきしめて
ハイホー　ハイホー　風のように
ハイホー　ハイホー　風のように
駆けて行く
　モンゴルの人はいう
　馬は風から生まれたと

ダチョウが　飛《と》んだ

サバンナを　走る
ダチョウが　走る
土ぼこり　上げて
思いきり　走る
勢《いきお》いあまって
止《と》まれなかった　ある日
ダチョウは　宙《ちゅう》に浮《う》いた
なんと　なんと

こんなことって　あるのかな
アウアウアウアウ　あるのかな
ダチョウが宙に浮いた

サバンナの　空を
ダチョウは　飛んだ
シマウマも　見てる
ライオンも　見てる
思いもよらない
アクシデントの　ある日
ダチョウは　思いついた
そうだ　そうだ

先祖《せんぞ》はきっと　飛んでいた
ヘイヘイヘイヘイ　鳥だもの
ダチョウも空を飛べる

Ⅲ

四季《しき》のうた

春のめざまし時計《どけい》

林の中で　うぐいすが
　ケキョ　ケキョ　ケキョ
　ホーホケキョ
あれはネ　春のめざまし時計
つくしの子が　ピョコン　ピョコン
ふきのとうが　ピョコン　ピョコン
土のおふとん　はねのけた

幼《おさな》い声で　うぐいすが
　ケキョ　ケキョ　ケキョ

ホーホケキョ
あれはね　春のめざまし時計
うめの花が　ポワン　ポワン
じんちょうげが　ポワン　ポワン
風にローション　散《ち》らしてる

枝《えだ》から枝へ　うぐいすが
　ケキョ　ケキョ　ケキョ
ホーホケキョ
あれはね　春のめざまし時計
空の上で　ゴロン　ゴロン
遠いとこで　ゴロン　ゴロン
かみなりさまも　起《お》きちゃった

しずくの音符《おんぷ》

雨だれしずくの　小ダイコが
16ビートで　元気よく
タタタタタタタタ　タタタタタ
　雨はなかなか　止《や》まないね

しずくの調子《ちょうし》が　変《か》わったよ
八分音符《はちぶおんぷ》で　ゆっくりと
タ　タ　タ　タ　タ　タ　タ

すこし明るく　なってきた
すずめが鳴いてる　軒先《のきさき》で
休符《きゅうふ》もまじえて　フィナーレの
トン　　　トン
見て見て虹《にじ》が　かかってる

かたばみ忍者《にんじゃ》

暑《あつ》いお庭の　ひるさがり
かたばみ忍者が　いばってる
「子供《こども》の足音
近いでござる
むざむざ　ふまれてなるものか
さわれば　しゅりけん
お見舞《みま》いもうす」
かたばみしゅりけん　パパパパパッ

おーしつくつく　蝉《せみ》の声
かたばみ忍者が　かまえてる
「草取りおててが
見えるでござる
ゆだんめさるな　てごわいぞ
さわれば　しゅりけん
お見舞いもうす
かたばみしゅりけん　パパパパパっ

さよならの夏

うねって　のび上がって
駆《か》けよってくる　土用波《どようなみ》
焼《や》けた　砂《すな》の上で
遊びほうける　夏を
　みつけては　さらさらと
波は　手をのべてくる

さわいで　とび上がって

ぶつかってくる　土用波
白い　砂の中に
まだかくれてる　夏を
さがしては　さらさらと
波は　つれ去《さ》っていく

心残りの夏が
なぎさにしるす
ながい　ながい
さよならのことば

夏のしっぽ

日暮《ひぐ》れの風が　やさしくて
まひるの陽《ひ》ざし　忘《わす》れそう
つくつくほうしの　声だけが
ひときわ高い　その中で
秋が　秋が
すこしずつ
夏のしっぽを　ぼかしてる

あちらや　こちら　こおろぎの
小さな声が　透《す》きとおる
ほのかに白い　すすきの穂《ほ》
さやさやゆれる　その中で
秋が　秋が
すこしずつ
夏のしっぽを　ぼかしてる

やさしい風が秋を織《お》る

まぶしい陽《ひ》ざしを　縦糸《たていと》に
やさしい風が　秋を織る
ゆれるコスモス　白・ピンク
とんぼ浮《う》かべた　高い空
やさしい風が　さやさやと
秋を　秋を　織ってゆく

ちらちら木もれ陽　縦糸に

やさしい風が　秋を織る
棚《たな》のぶどうを　むらさきに
甘《あま》い匂《にお》いを　山盛《やまも》りに
やさしい風が　さやさやと
秋を　秋を　織ってゆく

夕焼《や》け雲を　縦糸に
やさしい風が　秋を織る
バッタきちきち　はねたとこ
えのころぐさが　光ってる
やさしい風が　さやさやと
秋を　秋を　織ってゆく

夏のさよなら

いつの間にか
風がやさしく　なっていて
つくつくほうしが　鳴いてます
　さびしいけれど
　夏に　お別《わか》れ
山のむこうの　入道雲で
夏がさよならしてました

いつの間にか
空に並《なら》んだ　ひつじ雲

茜《あかね》とんぼも　飛んでます
　さびしいけれど
　夏に　お別れ
のうぜんかずらの　花といっしょに
夏が　はらりと散《ち》りました

いつの間にか
リーンリーンと　虫の声
えのころぐさが　ゆれてます
　さびしいけれど
　夏に　お別れ
おしろい花の　匂《にお》いの中に
夏が　こっそり消えました

それはもう秋

チロロ　チロロと　風鈴《ふうりん》が
ちょっぴりさびしく　聞こえたら
それはもう秋　秋なのです
夏の足跡《あしあと》　追《お》いかけて
こっそり来てる　秋なのです

太陽《たいよう》みたいな　ひまわりが
実《みの》って小首《こくび》　かしげたら

それはもう秋　秋なのです
柿《かき》やぶどうの　おみやげも
どっさりくれる　秋なのです

ちぎれちぎれの　ひつじ雲《ぐも》
お空に並《なら》び　はじめたら
それはもう秋　秋なのです
いつか心の　中までも
やさしく染《そ》める　秋なのです

モザイクの秋

風は　木の葉のモザイクで
林に　秋をかいてます
おしゃれな帽子《ぼうし》の　くぬぎの実《み》
紫《むらさき》あけびに　山ぶどう
　てのひらに　のせて
　ころがしてごらん
木もれ陽も　ほほえんで
見つめている
秋の　絵ものがたりです

風は　木の葉のモザイクで
舗道《ほどう》に　秋をかいてます
黄色いいちょうの　葉をひらり
赤いさくらの　葉をはらり
　ゆっくりと　踏《ふ》んで
　歩いてごらん
足音の　かっさいが
聞こえてくる
秋の　絵ものがたりです

はちきれそうな秋

雑木林《ぞうきばやし》に　もぐって
小粒《こつぶ》の山栗《やまぐり》　ひろったよ
枯葉《かれは》の上に　ひとつ
落葉《おちば》の陰《かげ》に　ひとつ
小枝《こえだ》のいがから　のぞいてる
はちきれそうな　秋も
栗といっしょに　見つけたよ

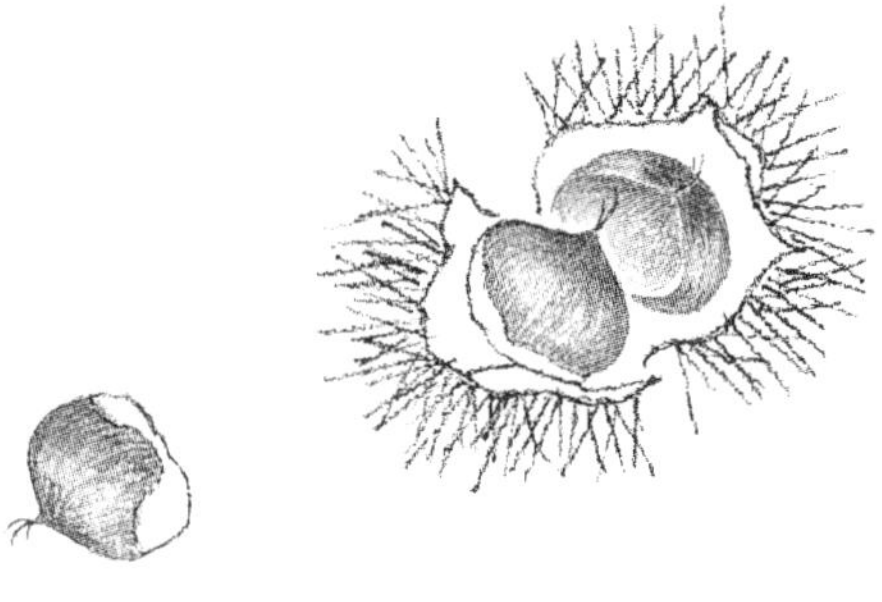

幹《みき》にからんだ　かずらを
たどって　あけびを　ちぎったよ
つま先立ちで　ひとつ
ジャンプでやっと　ひとつ
むらさき色に　熟《う》れている
はちきれそうな　秋も
あけびといっしょに　見つけたよ

木の葉のてがみ

林の中で　見つけました
落としぶみの　てがみ
くるると巻《ま》いた
木の葉のてがみ

気になって
気になって
こっそりのぞいて
見たのです

木の葉の筒《つつ》には
風のフルート
山鳩《やまばと》のビオラ
ちらちら木《こ》もれ陽《び》の
トライアングル
落としぶみの赤ちゃんに
聞かせてあげる
子守唄《こもりうた》が
封《ふう》ができないほどに
入っていました

宛名《あてな》はとうに　消《き》えてたけど
セピア色の　てがみ
あしたへのこす
木の葉の　てがみ

そこだけちいさな冬《ふゆ》

枯《か》れ葉《は》が散《ち》った
一枚《まい》散った
ちいさな冬が
こっそりきてた
そこだけ
ちいさな冬になって

落ち葉を掃《は》いた

集めてたいた
うすむらさきの　ゆらゆら煙《けむ》り
昇《のぼ》って　秋に
さよならしてた

黄色い花の
つわぶき咲《さ》いた
ちいさな冬が
こっそり来てた
そこだけ
ちいさな冬になって

お庭《にわ》のすみで
えんまこおろぎ
とぎれとぎれに　ほろほろ鳴いて
別《わか》れる　秋に
さよならしてた

真冬《まふゆ》へのきっぷ

真冬へ行く
きっぷが売れる
いちょうの葉の
黄色いきっぷ　ひらひら
一枚二枚《まい》…　また一枚

木枯《こが》らしの　特急《とっきゅう》に乗《の》って
晩秋《ばんしゅう》は　旅にでかける

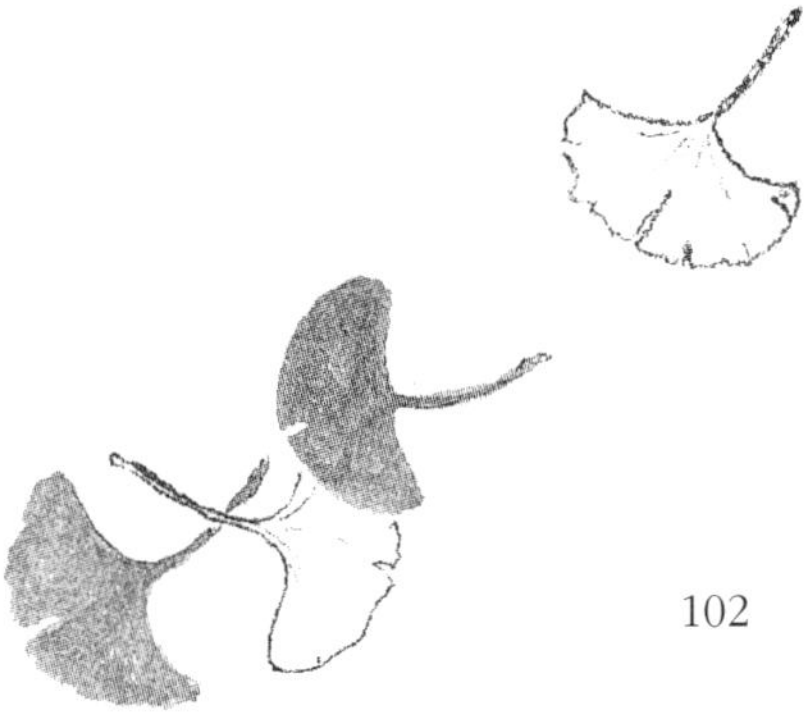

霜《しも》の村の　寒《さむ》い駅《えき》へ
雪《ゆき》の街《まち》の　白い駅へ
まっしぐら　まっしぐら
木枯らしの　特急は
走りつづける

真冬へ行く
きっぷが売《う》れる
プラタナスの
大きなきっぷ　きらきら
一枚二枚・　また一枚

ぼたん雪《ゆき》のパラシュート

白い傘《かさ》をひろげて
あとからあとから　降《お》りてくる
雪　雪　ぼたん雪のパラシュート
遠い空の旅は
ながい時を　かぞえたでしょう
わたしの髪《かみ》に　降りてきて
わたしのてのひらに
降りてきて

白い傘をたたんで
次から次から　消えてゆく
雪　雪　ぼたん雪の　パラシュート
やっとたどりついた
ダイビングの　旅の終わりは
小さな涙《なみだ》　にじませて
わたしのてのひらに
消えてゆく

生き生き地球《ちきゅう》

風が吹《ふ》く　風が吹く
森に　林に　草原《くさはら》に
花に　蝶々《ちょうちょ》に　ぼくたちに
やさしい風が　吹いてくる
風は地球の　いぶきです
生き生き　地球が
生きてるかぎり
みんな地球で生きていく

寄《よ》せる波《なみ》　寄せる波
磯《いそ》に　渚《なぎさ》に　岩肌《いわはだ》に
貝《かい》に　魚《さかな》に　海草《かいそう》に
リズムの波《なみ》が　寄《よ》せてくる
波は地球の　鼓動《こどう》です
生き生き地球が
生きてるかぎり
みんな地球で生きていく

詩・井上灯美子（いのうえ　とみこ）

1945 年、県立嘉穂高高等女学校を卒業するまで福岡に住む。
本籍地熊本に帰り、結婚、上京。
夫の勤務先、警視庁の機関誌「自警」の童謡欄に投稿を始める。
選者、福井水明氏の紹介に依り 1971 年、童謡研究誌おてだまへ入会。
主宰、結城ふじを先生よりご指導を頂く。
現在日本童謡協会会員（小林純一先生、夢虹二先生の推薦）
音楽著作権協会（JASRAC）会員
詩と音楽の会会員
金の鳥音楽協会会員
静岡どうようの会会員
詩集に『ことばのくさり』、『ちいさい空を ノックノック』、『心の窓が目だったら』（ともに銀の鈴社刊）。
日本童謡賞新人賞を受賞する。

絵・唐沢　静（からさわ　しずか）

千葉県に生まれる。

1967年、武蔵野音楽大学ピアノ科卒業。コンセルヴァトアール尚美のピアノ講師等をへて、自宅でピアノの指導にあたりながら、雑誌や夫の著書『カラスはどれほど賢いか』（中公新書）等の挿絵を描く。

1993年頃より、音楽をイメージした身近な自然や生物、人物などの制作に取り組む。

2005年　平成17年度使用文部科学省検定教科書、小４国語「白いぼうし」（学校図書）の挿絵。

詩集「新しい空がある」「ことばのくさり」「ちいさい空を ノックノック」（銀の鈴社）の表紙画と挿絵。

絵本'07「曽谷の百合姫」、'08「真間の手児奈」、'09「奉免の常盤井姫」（すがの会出版）の絵。

唐沢孝一著「カラスはどれほど賢いか」（中公新書）の扉絵等、他多数。

NDC911
神奈川　銀の鈴社　2011
116頁 21cm（ことばのくさり）

ジュニアポエムシリーズ　161
2003年7月15日初版発行
2011年7月15日重版２刷
本体1,200円＋税

ことばのくさり

著　者　井上灯美子©　絵・唐沢　静©
発行者　柴崎聡・西野真由美
編集発行　㈱銀の鈴社 TEL 0467-61-1930 FAX 0467-61-1931
〒248-0005 神奈川県鎌倉市雪ノ下3-8-33
http://www.ginsuzu.com
E-mail info@ginsuzu.com

ISBN978－4－87786－161－2　C8092
落丁・乱丁本はお取り替え致します
シリーズ企画　㈱教育出版センター
印刷　電算印刷
製本　渋谷文泉閣

…ジュニアポエムシリーズ…

No.	著者	書名	賞・選定
1	鈴木敏史・詩 宮下琢郎・絵	星の美しい村	★☆
2	小池知子・詩 高志孝子・絵	おにわいっぱいぼくのなまえ	★☆
3	鶴岡千代子・詩 武田淑子・絵	白い虹	児文芸新人賞
4	楠木しげお・詩 久保雅勇・絵	カワウソの帽子	
5	津坂治男・詩 垣内美穂・絵	大きくなったら	★
6	後藤れい子・詩 山本まつ子・絵	あくたれぼうずのかぞえうた	
7	北村蔦子・詩 柿本幸造・絵	あかちんらくがき	
8	吉田瑞穂・詩 吉田翠・絵	しおまねきと少年	⊠★◎
9	新川和江・詩 葉祥明・絵	野のまつり	★☆
10	阪田寛夫・詩 織茂恭子・絵	夕方のにおい	◈★☆○
11	高田敏子・詩 若山憲・絵	枯れ葉と星	★☆
12	原田直友・詩 吉田翠・絵	スイッチョの歌	★◎
13	小林純一・詩 久保雅勇・絵	茂作じいさん	◉★☆●◎
14	谷川俊太郎・詩 長新太・絵	地球へのピクニック	★◎
15	与田準一・詩 深沢省三・深沢紅子・絵	ゆめみることば	★
16	岸田衿子・詩 中谷千代子・絵	だれもいそがない村	
17	江間章子・詩 榊原直美・絵	水と風	◇◎
18	原田直友・詩 小野まり・絵	虹―村の風景―	★
19	福田正夫・詩 福田達夫・絵	星の輝く海	★☆
20	草野心平・詩 長野ヒデ子・絵	げんげと蛙	★☆○◇
21	宮田滋子・詩 青木まさる・絵	手紙のおうち	☆○
22	久保田昭三・詩 斎藤彬子・絵	のはらでさきたい	
23	鶴岡千代子・詩 加倉井和夫・武田淑子・絵	白いクジャク	★●
24	尾上尚子・詩 まど・みちお・絵	そらいろのビー玉	★☆ 児文協新人賞
25	水上紅・詩 深沢紅子・絵	私のすばる	☆
26	野呂昶・詩 福島一二三・絵	おとのかだん	★
27	こやま峰子・詩 武田淑子・絵	さんかくじょうぎ	☆
28	青戸かいち・詩 駒宮録郎・絵	ぞうの子だって	
29	まきたかし・詩 福田達夫・絵	いつか君の花咲くとき	★☆♡
30	薩摩忠・詩 駒宮録郎・絵	まっかな秋	★☆♡
31	新川和江・詩 福島一二三・絵	ヤァ!ヤナギの木	★☆○♡
32	井上靖・詩 駒宮録郎・絵	シリア沙漠の少年	★☆♡
33	古村徹三・詩・絵	笑いの神さま	
34	江上波夫・詩 青空風太郎・絵	ミスター人類	○☆
35	秋原秀夫・詩 鈴木義治・絵	風の記憶	★◎
36	水村三千夫・詩 武田淑子・絵	鳩を飛ばす	
37	久冨純江・詩 渡辺安芸夫・絵	風車 クッキングポエム	
38	日野生三・詩 吉野晃希男・絵	雲のスフィンクス	★
39	佐藤雅子・詩 佐藤太清・広瀬きよみ・絵	五月の風	★
40	小黒恵子・詩 武田淑子・絵	モンキーパズル	★
41	木村信子・詩 山本典子・絵	でていった	
42	中野栄子・詩 吉田翠・絵	風のうた	☆
43	宮田滋子・詩 牧村慶子・絵	絵をかく夕日	★
44	大久保テイ子・詩 渡辺安芸夫・絵	はたけの詩	★☆
45	秋原秀夫・詩 赤星亮衛・絵	ちいさなともだち	♥

☆日本図書館協会選定
★全国学校図書館協議会選定（SLA）
□少年詩賞　■茨城県すいせん図書
○厚生省中央児童福祉審議会すいせん図書
●日本童謡賞　♧岡山県選定図書
♡日本子どもの本研究会選定
♥秋田県選定図書
♣愛媛県教育会すいせん図書
◇岩手県選定図書
◆京都府選定図書
⊠芸術選奨文部大臣賞
◉赤い鳥文学賞　◈赤い靴賞

…ジュニアポエムシリーズ…

46 日友靖子詩集　藤城清治・安西明美・絵　猫曜日だから ◆☆
47 秋葉てる代詩集　武田淑子・絵　ハープムーンの夜に ♡
48 こやま峰子詩集　山本省三・絵　はじめのいーっぽ ★♡
49 黒柳啓子詩集　金子滋・絵　砂かけ狐 ♡
50 三枝ますみ詩集　武田淑子・絵　ピカソの絵 ☆♡●
51 夢虹二詩集　武田淑子・絵　とんぼの中にぼくがいる ♡○♥
52 はたちよしこ詩集　まど・みちお・絵　レモンの車輪 □♧
53 大岡信詩集　葉祥明・絵　朝の頌歌 ★☆♡♥◎
54 吉田瑞穂詩集　吉田翠・絵　オホーツク海の月 ★☆♡
55 さとう恭子詩集　村上保・絵　銀のしぶき ★☆♡
56 星乃ミミナ詩集　葉祥明・絵　星空の旅人 ★☆♡
57 葉祥明　詩・絵　ありがとう そよ風 ★♡▲
58 青戸かいち詩集　初山滋・絵　双葉と風
59 小野ルミ詩集　和田誠・絵　ゆきふるるん ★☆●♡
60 なぐもはるき　詩・絵　たったひとりの読者 ★♡♧

61 小関秀夫詩集　小倉玲子・絵　風《かざ》栞《しおり》 ★♡♥
62 海沼松世詩集　守下さおり・絵　かげろうのなか ☆♡
63 山本龍生詩集　小倉玲子・絵　春行き一番列車 ♡
64 小泉周二詩集　深沢省三・絵　こもりうた ★☆♡
65 かわてせいぞう詩集　若山憲・絵　野原のなかで ♡★♥
66 えぐちまき詩集　赤星亮衛・絵　ぞうのかばん ♡◆♥
67 池田あきつ詩集　小倉玲子・絵　天気雨 ♡
68 藤井則行詩集　君島美知子・絵　友へ ♡♤
69 藤哲生詩集　武田淑子・絵　秋いっぱい ★♠
70 日友靖子詩集　深沢紅子・絵　花天使を見ましたか ★
71 吉田瑞穂詩集　吉田翠・絵　はるおのかきの木 ★
72 小島禄琅詩集　中村陽子・絵　海を越えた蝶 ☆★♥♡
73 にしおまさこ詩集　杉田幸子・絵　あひるの子 ★
74 山下竹二詩集　徳田徳志芸・絵　レモンの木 ★
75 高崎乃理子詩集　奥山英俊・絵　おかあさんの庭 ★♡

76 檜きみこ詩集　広瀬弦・絵　しっぽいっぽん ★●□☆♡
77 たかはしけいこ詩集　高田三郎・絵　おかあさんのにおい ♡♣□
78 星乃ミミナ詩集　深澤邦朗・絵　花かんむり ♥☆♡
79 佐藤照雄詩集　津波信久・絵　沖縄 風と少年 ☆♡★
80 相馬梅子詩集　やなせたかし・絵　真珠のように ♥★
81 小島禄琅詩集　深沢紅子・絵　地球がすきだ ★
82 鈴木美智子詩集　黒澤梧郎・絵　龍のとぶ村 ◇★♥
83 いがらしれいこ詩集　高田三郎・絵　小さなてのひら ☆
84 宮入黎子詩集　小倉玲子・絵　春のトランペット ☆★
85 下田喜久美詩集　方振寧・絵　ルビーの空気をすいました ☆
86 野呂昶詩集　方振寧・絵　銀の矢ふれふれ ★
87 ちよはらまちこ詩集　ちよはらまちこ・絵　パリパリサラダ ★
88 秋原秀夫詩集　徳田徳志芸・絵　地球のうた ☆★
89 中島あやこ詩集　井上緑・絵　もうひとつの部屋 ★
90 藤川こうのすけ詩集　葉祥明・絵　こころインデックス ☆

✲サトウハチロー賞　✣毎日童謡賞　♠奈良県教育研究会すいせん図書
☼三木露風賞　♧北海道選定図書　ꕥ三越左千夫少年詩賞
♤福井県すいせん図書　◈静岡県すいせん図書
▲神奈川県児童福祉審議会推薦優良図書　◎学校図書館図書整備協会選定図書（SLBA）

…ジュニアポエムシリーズ…

91 新井和詩集　高田三郎・絵　おばあちゃんの手紙 ☆★
92 はなわたえこ詩集　えばとかつこ・絵　みずたまりのへんじ ★●
93 柏木恵美子詩集　武田淑子・絵　花のなかの先生 ☆
94 中原千津子詩集　寺内直美・絵　鳩への手紙 ★
95 髙瀬美代子詩集　小倉玲子・絵　仲なおり ★
96 杉本深由起詩集　若山憲・絵　トマトのきぶん ☆★◎ 児文芸新人賞
97 宍倉さとし詩集　守下さおり・絵　海は青いとはかぎらない ♧
98 石井英行詩集　有賀忍・絵　おじいちゃんの友だち ■
99 なかのひろ詩集　アサト・シェラ・絵　とうさんのラブレター ☆★
100 小松静江詩集　藤川秀之・絵　古自転車のバットマン
101 石原一輝詩集　加藤真夢・絵　空になりたい ☆❁★
102 小泉周二詩集　西真里子・絵　誕生日の朝 ☆■★
103 くすのきしげのり童謡　わたなべあきお・絵　いちにのさんかんび ☆★
104 成本和子詩集　小倉玲子・絵　生まれておいで ☆★❁♡♧
105 伊藤政弘詩集　小倉玲子・絵　心のかたちをした化石 ★
106 川崎洋子詩集　井戸妙子・絵　ハンカチの木 □★☆
107 柘植愛子詩集　油野誠一・絵　はずかしがりやのコジュケイ ❁
108 新谷智恵子詩集　葉祥明・絵　風をください ☆◈☼●♡✣
109 金親尚子詩集　牧進・絵　あたたかな大地 ☆
110 黒柳啓子詩集　吉田翠・絵　父ちゃんの足音 ☆★♡□
111 富田栄子詩集　油野誠一・絵　にんじん笛 ♡☆
112 原国子詩集　高畠純・絵　ゆうべのうちに ☆
113 宇部京子詩集　スズキコージ・絵　よいお天気の日に ○□●☆◇★
114 武鹿悦子詩集　牧野鈴子・絵　お花見 ☆□
115 山本なおこ詩集　梅田俊作・絵　さりさりと雪の降る日 ☆★
116 小林比呂古詩集　おおた慶文・絵　ねこのみち ☆
117 後藤れい子詩集　渡辺あきお・絵　どろんこアイスクリーム ☆
118 重清良吉詩集　高田三郎・絵　草の上 ☆□❀◆★
119 宮中雲子詩集　西真里子・絵　どんな音がするでしょか ✲★
120 前山敬子詩集　若山憲・絵　のんびりくらげ ☆★
121 川端律子詩集　若山憲・絵　地球の星の上で ♡
122 たかはしけいこ詩集　織茂恭子・絵　とうちゃん ♡❀♣★
123 宮田滋子詩集　深澤邦朗・絵　星の家族 ☆●
124 国沢たまき詩集　唐沢静・絵　新しい空がある
125 池田あきつ詩集　小倉玲子・絵　かえるの国 ★
126 黒田恵子詩集　倉島千賀子・絵　ボクのすきなおばあちゃん ☆★♡
127 垣内磯子詩集　宮崎照代・絵　よなかのしまうまバス ☆♡★
128 小泉周二詩集　佐藤平八・絵　太陽へ ❀★●☆♡
129 中島和子詩集　秋里信子・絵　青い地球としゃぼんだま ☆★
130 のろさかん詩集　福島一二三・絵　天のたて琴 ☆
131 加藤丈夫詩集　葉祥明・絵　ただ今受信中 ☆★
132 北原悠子詩集　深沢紅子・絵　あなたがいるから ♡
133 池田もと子詩集　小倉玲子・絵　おんぷになって ♡
134 鈴木初江詩集　吉田翠・絵　はねだしの百合 ★
135 垣内磯子詩集　今井俊・絵　かなしいときには ★

△長野県教育委員会すいせん図書　✡㈶日本動物愛護協会推薦図書
◈茨城県推奨図書

…ジュニアポエムシリーズ…

136 秋葉てる代詩集 やなせたかし・絵 おかしのすきな魔法使い ●★
137 青戸かいち詩集 永田萠・絵 小さなさようなら ❁★
138 柏木恵美子詩集 高田三郎・絵 雨のシロホン ♡★
139 藤井則行詩集 阿見みどり・絵 春 だ か ら ♡★◎
140 黒田勲子詩集 山中冬二・絵 いのちのみちを
141 南郷芳明詩集 的場豊子・絵 花 時 計
142 やなせたかし詩・絵 生きているってふしぎだな
143 内田麟太郎詩集 斎藤隆夫・絵 うみがわらっている
144 しまざきふみ詩集 島崎奈緒・絵 こねこのゆめ ♡
145 糸永えつこ詩集 武井武雄・絵 ふしぎの部屋から ♡
146 石坂きみこ詩集 鈴木英二・絵 風 の 中 へ ♡
147 坂本のこ詩集 坂本こう・絵 ぼくの居場所 ♡
148 島村木綿子詩・絵 森 の た ま ご ❁
149 楠木しげお詩集 わたせせいぞう・絵 まみちゃんのネコ ★
150 牛尾良子詩集 上矢津・絵 おかあさんの気持ち ♡

151 三越左千夫詩集 阿見みどり・絵 せかいでいちばん大きなかがみ ★
152 水村三千夫詩集 高見八重子・絵 月と子ねずみ
153 川越文子詩集 横松桃子・絵 ぼくの一歩 ふしぎだね ★
154 すずきゆかり詩集 葉祥明・絵 まっすぐ空へ
155 西田純詩集 葉祥明・絵 木の声 水の声
156 清野倭文子詩集 水科舞・絵 ちいさな秘《ひ》密《みつ》
157 川奈静詩集 直江みちる・絵 浜ひるがおはパラボラアンテナ ★◎
158 若木良水詩集 西真里子・絵 光と風の中で
159 牧陽子詩集 渡辺あきお・絵 ね こ の 詩 ★◎
160 宮田滋子詩集 阿見みどり・絵 愛 一 輪 ★◎
161 井上灯美子詩集 唐沢静・絵 ことばのくさり ☆●
162 滝波万理子詩集 滝波裕子・絵 み ん な 王《おう》様《さま》 ★●
163 冨岡みち詩集 関口コオ・絵 かぞえられへん せんぞさん ★
164 垣内磯子詩集 辻恵子・切り絵 緑色のライオン ★◎
165 すぎもとれいこ詩集 平井辰夫・絵 ちょっといいことあったとき ★

166 岡田喜代子詩集 おぐらひろかず・絵 千 年 の 音 ★☆◎
167 川奈静詩集 直江みちる・絵 ひもの屋さんの空 ★◎☆♥♡
168 鶴岡千代子詩集 武田淑子・絵 白 い 花 火 ★☆
169 井上灯美子詩集 唐沢静・絵 ちいさい空をノックノック ★◎☆
170 尾崎杏子詩集 ひなた山すじゅう郎・絵 海辺のほいくえん ☆♡★◎
171 柘植愛子詩集 やなせたかし・絵 たんぽぽ線路 ☆♡★◎●
172 小林比呂古詩集 うめざわのりお・絵 横須賀スケッチ ☆★◎♡▲
173 林佐知子詩集 串田敦子・絵 きょうという日 ☆★◎♡▲
174 後藤基宗子詩集 岡澤由紀子・絵 風とあくしゅ ☆♥★◎♡
175 土屋律子詩集 高瀬のぶえ・絵 るすばんカレー ☆♡★◎▲
176 三輪アイ子詩集 深沢邦朗・絵 かたぐるましてよ ★☆♡
177 田辺瑞美子詩集 西真里子・絵 地 球 賛 歌 ☆★◎
178 高瀬美代子詩集 小倉玲子・絵 オカリナを吹く少女 ☆♡
179 中野惠子詩集 串田敦子・絵 コロポックルでておいで ★♡☆●
180 松井節子詩集 阿見みどり・絵 風が遊びにきている ★☆♡▲

…ジュニアポエムシリーズ…

181 新谷智恵子詩集 徳田徳志芸・絵 とびたいペンギン 佐世保文学賞 ♡★◎▲

182 牛尾良子詩集 牛尾征治・写真 庭のおしゃべり ♡★◎

183 三枝ますみ詩集 高見八重子・絵 サバンナの子守歌 ☆★

184 佐藤雅子詩集 佐藤太清 菊池治子・絵 空の牧《まき》場《ば》 ☆★♡■◎◈

185 山内弘子詩集 おぐらひろかず・絵 思い出のポケット ♡★●

186 山内弘子詩集 阿見みどり・絵 花の旅人 ♡★▲

187 原国子詩集 牧野鈴子・絵 小鳥のしらせ ♡★△◎

188 人見敬子 詩・絵 方《はこ》舟《ぶね》地球号 —いのちは元気— ♡★◎

189 林佐知子詩集 串田敦子・絵 天にまっすぐ ★☆♡◎

190 小臣富子詩集 渡辺あきお・絵 わんさかわんさかどうぶつさん ✡♡★◎

191 川越文子詩 かまだちえみ・写真 もうすぐだからね ♡★◎

192 永田喜久男詩 武田淑子・絵 はんぶんごっこ ☆★◎♡

193 吉田房子詩 大和田明代・絵 大地はすごい ★◎♡

194 石井春香詩集 髙見八重子・絵 人魚の祈り ★♡

195 石原一輝詩集 小倉玲子・絵 雲のひるね ♡

196 たかはしけいこ詩集 髙橋敏彦・絵 そのあと ひとは ★

197 宮田滋子詩集 おおた慶文・絵 風がふく日のお星さま ★♡◎

198 渡辺恵美子詩集 つるみゆき・絵 空をひとりじめ ★♡●

199 宮中雲子詩集 西真里子・絵 手と手のうた ★

200 杉本深由起詩集 太田大八・絵 漢字のかんじ ★♡❀

201 井上灯美子詩集 唐沢静・絵 心の窓が目だったら ★♡

202 峰松晶子詩集 おおた慶文・絵 きばなコスモスの道 ★♡

203 高橋文子詩集 山中桃子・絵 八丈太鼓 ★♡

204 長野貴子詩集 武田淑子・絵 星座の散歩 ★♡

205 江口正子詩集 髙見八重子・絵 水の勇気 ♡☆

206 藤本美智子 詩・絵 緑のふんすい ☆♡

207 林佐知子詩集 串田敦子・絵 春はどどど ♡★◎

208 小関秀夫詩集 阿見みどり・絵 風のほとり ☆♡

209 宗美津子詩集 宗信寛・絵 きたのもりのシマフクロウ ♡

210 かわてせいぞう詩集 髙橋敏彦・絵 流れのある風景 ☆♡

211 土屋律子詩集 高瀬のぶえ・絵 ただいまぁ ♡☆◎

212 永田喜久男詩集 武田淑子・絵 かえっておいで ☆♡

213 みたみちこ詩集 牧進・絵 いのちの色 ♡

214 糸永えつこ詩集 糸永わかこ・絵 母です 息子です おかまいなく ♡

215 宮田滋子詩集 武田淑子・絵 さくらが走る ♡

216 柏木恵美子詩集 吉野晃希男・絵 ひとりぽっちの子クジラ

※発行年月日は、シリーズ番号順と異なり前後することがあります。

ジュニアポエムシリーズは、子どもにもわかる言葉で真実の世界をうたう個人詩集のシリーズです。

本シリーズからは、毎回多くの作品が教科書等の掲載詩に選ばれており、1975 年以来、全国の小･中学校の図書館や公共図書館等で、長く、広く、読み継がれています。

心を育むポエムの世界。

一人でも多くの子どもや大人に豊かなポエムの世界が届くよう、ジュニアポエムシリーズはこれからも小さな灯をともし続けて参ります。

銀の小箱シリーズ

- 葉 祥明 詩・絵 小さな庭
- 若山 憲 詩・絵 白い煙突
- こばやしひろこ・詩 うめざわのりお・絵 みんななかよし
- 江口 正子・詩 油野 誠一・絵 みてみたい
- やなせたかし 詩・絵 あこがれよなかよくしよう
- 冨岡 みち・詩 関口 コオ・絵 ないしょやで
- 小林比呂古・詩 神谷 健雄・絵 花かたみ
- 小泉 周二・詩 辻 友紀子・絵 誕生日・おめでとう
- 柏原 耿子・詩 阿見みどり・絵 アハハ・ウフフ・オホホ★♡▲

すずのねえほん

- たかはしけいこ・詩 中釜浩一郎・絵 わたし★◎
- 尾上 尚子・詩 小倉 玲子・絵 ぽわぽわん
- 糸永えつこ・詩 高見八重子・絵 はるなつあきふゆもうひとつ★児文芸新人賞
- 山口 敦子・詩 高橋 宏幸・絵 ばあばとあそぼう
- あらい・まさはる・童謡 しのはらはれみ・絵 けさいちばんのおはようさん
- 佐藤 雅子・詩 佐藤 太清・絵 こもりうたのように●日本童謡賞 美しい日本の12ヵ月

アンソロジー

- 渡辺 浦人・編 村上 保・絵 赤い鳥 青い鳥
- わたげの会・編 渡辺あきお・絵 花ひらく
- 木曜会・編 西 真里子・絵 いまも星はでている
- 木曜会・編 西 真里子・絵 いったりきたり
- 木曜会・編 西 真里子・絵 宇宙からのメッセージ
- 木曜会・編 西 真里子・絵 地球のキャッチボール★◎
- 木曜会・編 西 真里子・絵 おにぎりとんがった☆★◎
- 木曜会・編 西 真里子・絵 みぃーつけた♡★◎
- 木曜会・編 西 真里子・絵 ドキドキがとまらない

銀鈴詩集

- 黒田 佳子詩集 夜の鳥たち
- 石田 洋平詩集 解錠音
- 霧島 葵詩集 小鳥のように